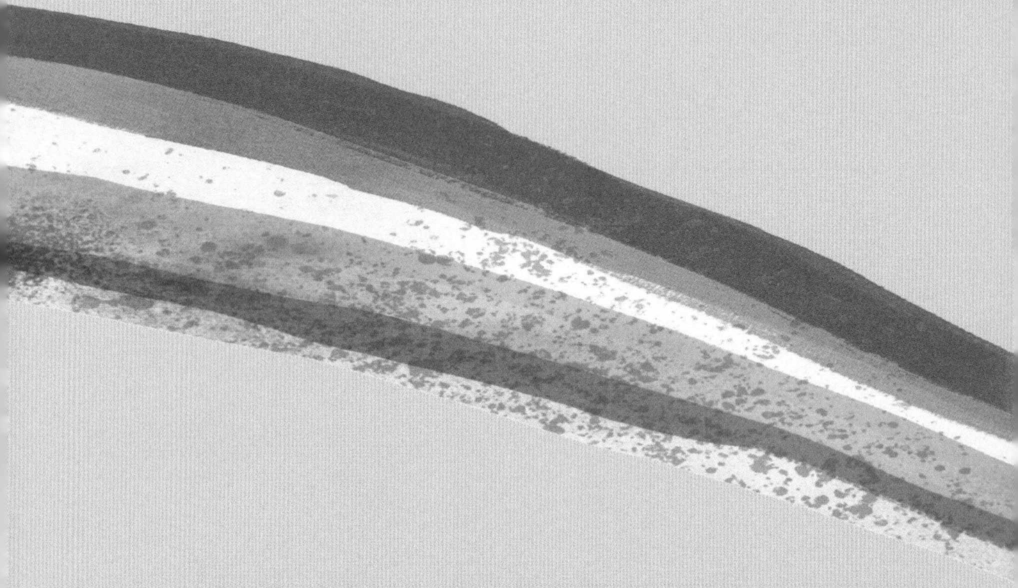

王淑芬兒童哲思小童話

貓咪的十個家

王淑芬 文　　奧黛莉圓 圖

目次

推薦序

「小」童話大思考

兒童文學作家
王文華

很榮幸，有機會讀淑芬老師新書：《王淑芬兒童哲思小童話：貓咪的十個家》，推！

淑芬老師是童書天后，系列雖以「小」童話為名，但十篇故事，對刺激孩子的童話腦，功效大，篇幅雖「小」，滋味殊異，風味各有各好。像無國界料理，得細心品嘗。

程度好的孩子，一天能看完此書。每篇故事，淑芬老師放進不少巧思，值得小朋友思索，鍛鍊思維；而且，這書還能多次讀，因為不同的時間看它，會有不同的感受，更多的體會。

每篇童話後，淑芬老師還貼心放進一杯「隨餐飲料」，用一道題，讓小朋友想想。

比如〈蘋果樹的規定〉：

「如果蘋果不想當蘋果，算不算違反規定？規定，應該由誰來決定？」

這題不管老少，都可以動動腦：蘋果樹不想結蘋果，它可以結芒果或葡萄嗎？小小的一道題，打破慣性思維，是啊，誰規定蘋果樹就得結蘋果，西瓜田就只能長西瓜？世上規定這麼多，是誰規定誰一定要怎樣的呢？難道我不能做自己嗎？

另一篇〈貓咪的十個家〉，每個家都給小貓生活添點變化，但是讓他覺得幸福的，卻是第十個家，因為「最後有一個家，在等他回家。」

這話乍聽有點「繞」，但多讀兩遍，越覺有理。

不管你在外頭如何闖鬧，再晚都有個家等你回來。這麼一想，心就安了，人也不鬧騰了，是不是很幸福？因為家就是我們的避風港啊。

童話能開啟孩子想像力，本書屬於童話維度：〈空空的抽屜〉，人可以走進抽屜放風箏；〈海上有小島〉，人竟然是一座座的島；〈這個故事沒有「沒有」〉，題目很吸睛，一讀下去，果然被作者的奇思妙想折服了。

「原來是這樣！」

「真的好童話哦！」

這本有趣的書，適合零到九十九歲閱讀，小朋友可以自己讀，但他們通常讀得很快，很容易忽略作者想帶給孩子的思想鍛鍊，最好能再加進親子共讀，一起討論，功效更大。書裡除了富有哲思的故事外，更有數不清的金句。俗話說：好記性不如爛筆頭，看這本書時，建議小朋友拿枝筆，把書裡的金句標下來，把想法寫在旁邊。每看一次，多一層想法。想法越提煉越長進！

好書值得百回讀，那麼，請翻閱下一頁，進入淑芬老師的奇想童話吧！

1 蘋果樹的規定

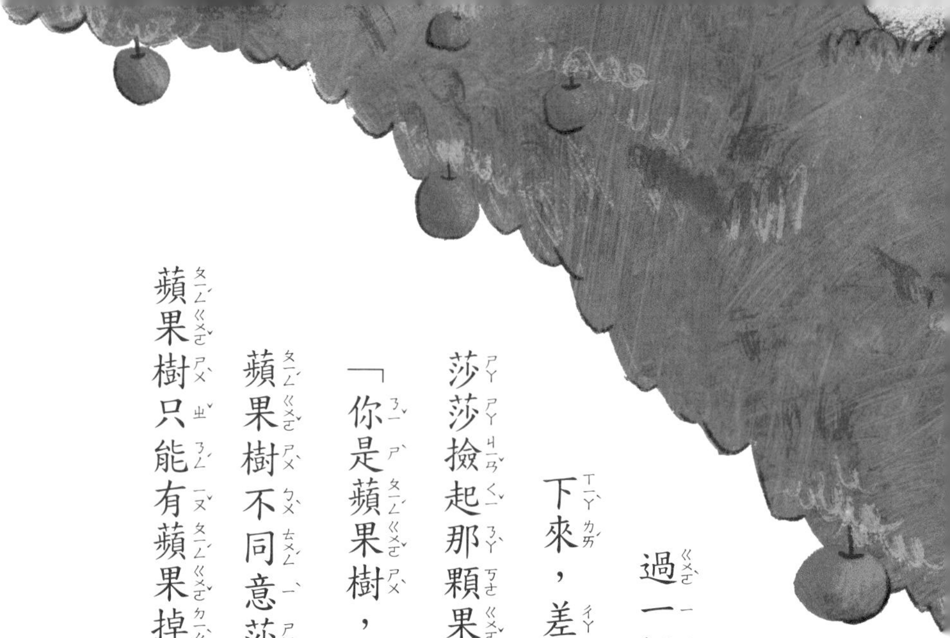

有陽光的午後，小女孩莎莎走過一棵蘋果樹。「咚」一聲，有顆果子掉下來，差一點打到她的頭。

莎莎撿起那顆果子，咦，怎麼會是一顆芒果？

「你是蘋果樹，怎麼可以掉下芒果來？」

蘋果樹不同意莎莎的說法。他反問莎莎：「為什麼蘋果樹只能有蘋果掉下來？這是誰規定的？」

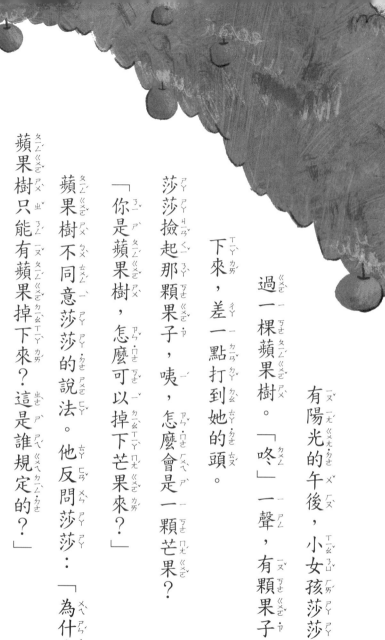

莎莎說：「這是大自然的規定。」

「大自然是誰？憑什麼大家都得聽它的？」

蘋果樹說完，又掉下一顆果子，這次是一顆無花果。

莎莎覺得這棵樹很不乖，所以她到圖書館借了一本書，要讀給蘋果樹聽。

莎莎坐在

蘋果樹下，打開書，大聲讀著：「蘋果樹，結蘋果，香噴噴，紅蘋果；紅蘋果，大蘋果，成熟了，送給我。」

聽完這一段，蘋果樹「咚」一聲，掉下一串葡萄。

莎莎非常生氣，抬起頭，把脖子拉得很高很高，對大樹說：「你啊，

不好好聽書上寫的規定，會讓老師生氣，天天讓你罰站。」

蘋果樹回答：「我天天都站著呢。」

莎莎闔上書，還是不高興。她嘟起嘴，小聲的說：「這是一棵奇怪的蘋果樹，可能生病了。」

蘋果樹卻擺動樹枝，唱起歌來：「蘋果樹，身體好，長得高，長得壯。」然後，掉下一顆紅色的大蘋果。

莎莎終於笑了，她拍拍蘋果樹的樹幹，十分滿意的說：「好乖，你總算懂了。蘋果樹，就得結蘋果，掉下蘋果，這是規定。」

莎莎撿起紅蘋果，走回家。

蘋果樹上，有一隻猴子正在快樂的跳著舞呢。

「咚」一聲，蘋果樹掉下一根香蕉。

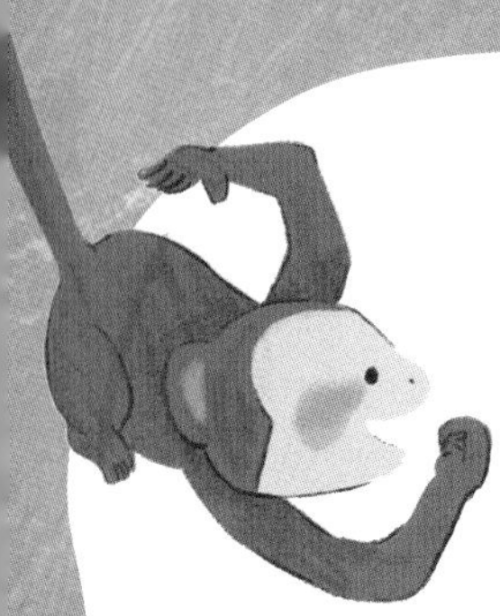

童話想想

如果蘋果不想當蘋果，算不算違反規定？規定，應該由誰來決定？

2 空空的抽屜

軒軒的媽媽在路邊撿到一個櫃子，顏色像天空、也像大海。媽媽覺得把天空或大海搬回家，放在客廳窗邊，是個美麗的想法；於是，她就把櫃子搬回家了。

這個櫃子有五格抽屜，媽媽把暫時不用的東西收進其中四格，最上層的抽屜，先空著。早晨陽光晒進客廳，櫃子亮著光，好像很開心的樣子。

軒軒在客廳看書，又看了一會兒電視；然後，他打了一個大呵欠，說：「好無聊啊！真想翻翻跟斗。」可是，客廳太小，哪能翻來滾去？

媽媽說：「有個抽屜空著呢，不如，你到裡面去翻吧。」

真是個好主意！軒軒在空空的抽屜裡翻跟斗。前滾翻、後滾翻，雙手翻、單手翻，玩得很過癮。

隔天，奶奶嘆氣：「一直下雨，不能出門散步。」

媽媽說：「有個抽屜空著呢，不如，您到裡面去散步。」

真是個好主意！奶奶在空空的抽屜裡走了又走，走到夕陽西下才休息。

然後，媽媽忙完，也到空

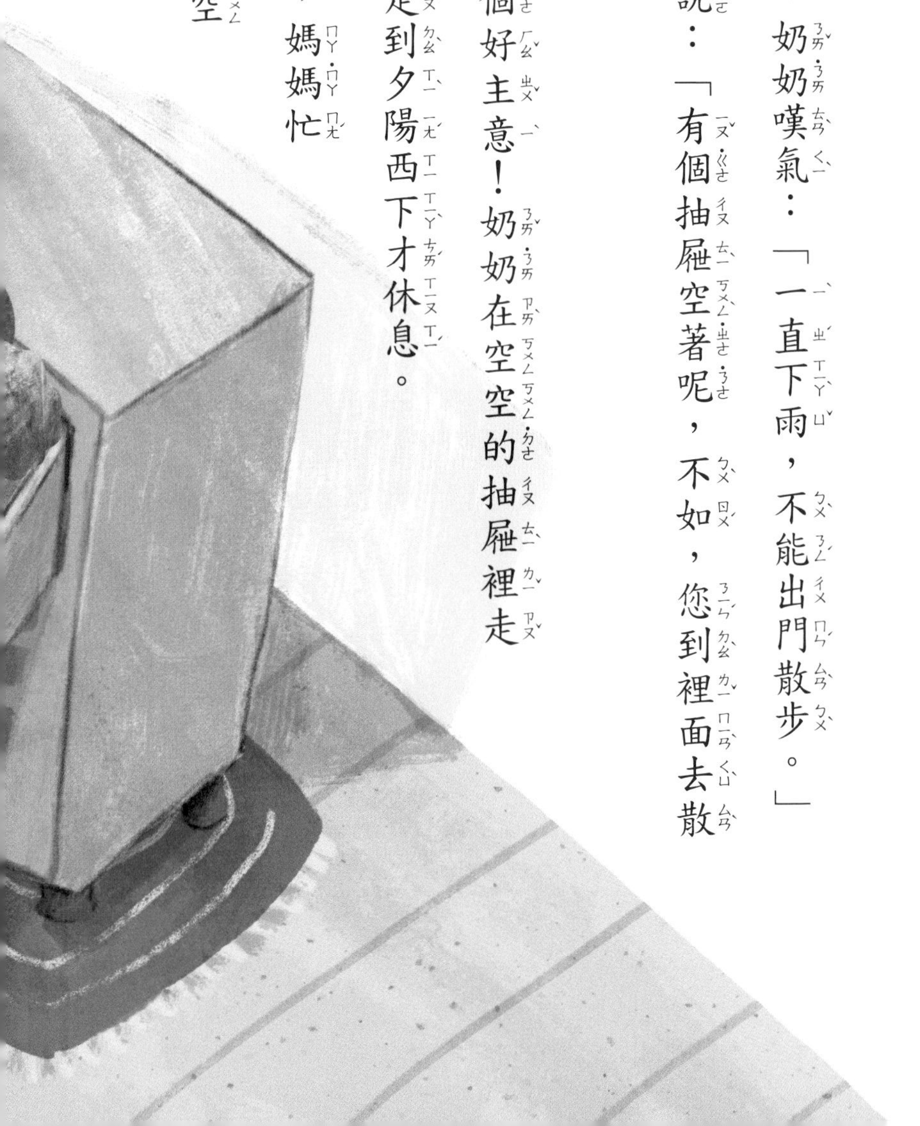

空的抽屜裡去了。她去做什麼呢？媽媽沒說。

外公到軒軒家時，也被軒軒拉著手，一起到空空的抽屜裡放風箏。外公是風箏高手，他不但會做神氣的恐龍風箏，也做過小巧可愛的燕子風箏。他們帶著外公最新完成的彩虹風箏，在空空的抽屜裡，讓天空出現一道繽紛的彩虹。

有一天，爸爸說他也想去空空的抽屜走一走。他問媽媽：「抽屜那麼小，你們用什麼方法把身體塞進去啊？」

爸爸試了又試，果然根本塞不進去，大概只有一雙手，能勉強放進空空的抽屜裡。

從此以後，這個空空的抽屜，再也沒有人能進得去。最後，媽媽便將過期的雜誌，收進這個抽屜。

童話想想

是什麼原因，讓爸爸沒有辦法進到抽屜，自由自在的玩呢？

3 貓咪的十個家

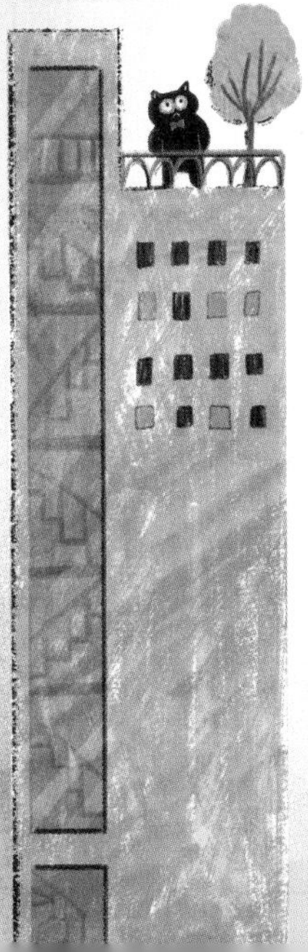

有一隻貓咪，覺得自己很幸福，因為他有十個家。

每天早上，在第一個家吃早餐，有魚有肉，還有清涼的水，一面吃一面聽樹上的小鳥兒唱歌。他會在第二個家洗洗臉，抓抓癢，順便追蹤地板上的螞蟻，算一算一共有幾隻，看一看他們要到哪裡去？

他在第三個家的桌邊磨磨爪子，「喵」了幾聲，然後跳上沙發休息一下。

接著，貓咪到第四個家，一跳跳上窗臺，欣賞風景。數一數窗外有幾棵樹，樹上有幾隻松鼠；再瞧一瞧窗外吹的風，是從哪一邊吹到哪一邊；是瘋狂亂吹的風，還是微微的、像自己的尾巴輕輕掃來掃去的風？

他在第五個家吃午餐，又香又有營養；吃飽了，忍不住打嗝，舔了舔嘴，好滿足。他往往在第六個家睡午覺、想事情。想什麼呢？大概就是昨天吃了什麼，遇見哪一片葉子，聽誰唱過什麼歌吧。

接下來，按照慣例，貓咪在第七個家與另外三隻小貓玩毛線球。那三隻小貓分別叫做東東、西西與小寶。東東很胖，西西更胖；至於小寶，傻呼呼的跟著大家跑啊跑，一群老朋友在地毯上玩得很開心。有一次，小寶開心得吐了，把大家逗得笑得更開懷了。

貓咪總是在第八個家吃晚餐，吃飽後，唱歌給第八個家裡的一隻老狗狗聽。老狗狗真老，似乎永遠都在椅子底下睡覺；好不容易醒了，便對貓咪說：「從前啊，我整天都在草原上跑。而且，跑得快極了，像溪中的水那麼快。」

貓咪想，老狗狗的從前，真威風。

天色暗了，他在第九個家打瞌睡；窗外的月光很美，照進窗內，在貓咪打瞌睡的眼皮上閃著柔柔的光。於是，貓咪想起一件事，他走出門外。

然後，有個小男孩把他抱起來，說：「你該回家了。」貓咪想了想，原來讓他覺得幸福的，不是有十個家，而是最後有一個家，在等他回家。

童話想想

你最喜歡貓咪的第幾個家？

是什麼原因吸引你？

4 不知名的小路

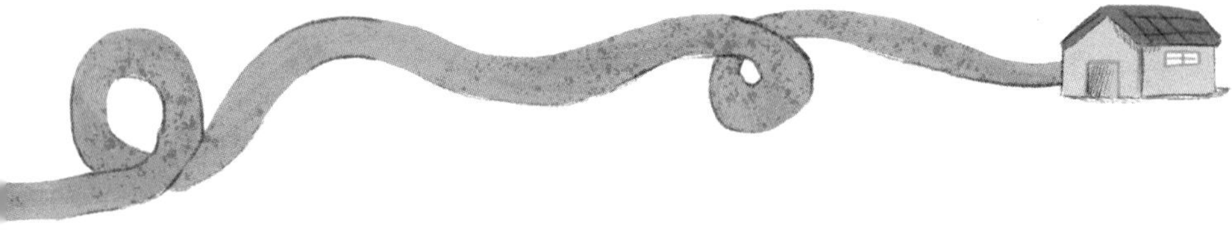

有個不知名的小男孩，一天來到一篇故事裡。當他知道寫這篇故事的作家，竟然是全世界最知名的「不知名作家」時，簡直嚇壞了！

因為這位作家，最喜歡在故事裡放進許多不知名的描述。比如：路邊有許多不知名的野花、不知名的女孩看到一棵不知名的老樹、媽媽煮了滿桌不知名的好菜。他最著名的一篇童話，是這樣寫的：「從前，有個

Once upon A time

不知名的仙女，來到一個不知名的地方。她覺得心裡有一種不知名的煩惱，於是便揮一揮仙女棒，把眼前看到的所有東西，包含不知名的水果、不知名的動物、不知名的昆蟲、不知名的細菌，全部變得消失不見。於是，最後，這個不知名的地方，只剩下一個不知名的物體，就是仙女自己。」

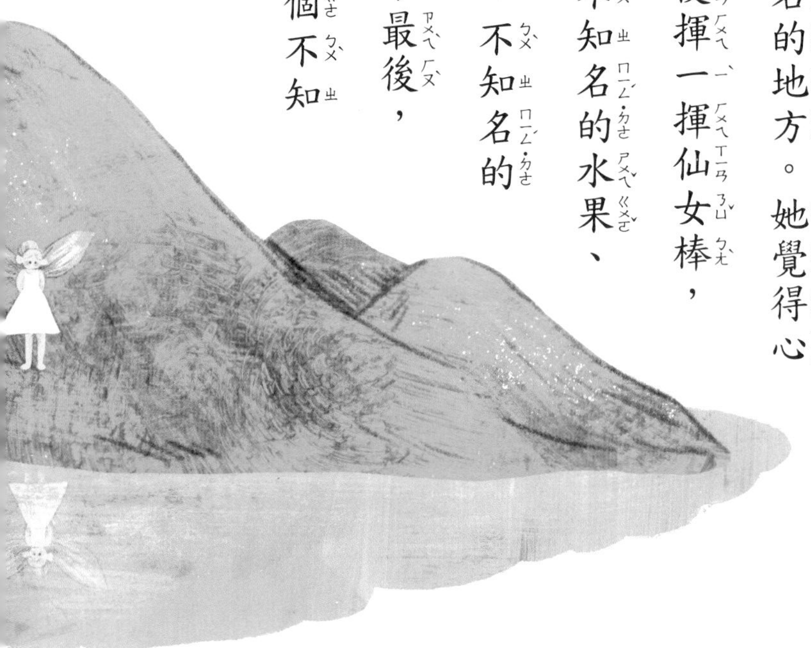

大家讀完這篇故事，心裡都有一種不知名的感動；不過，是為了什麼原因而感動呢？沒有人說得出來。因為不知名的感動，就是沒有名稱、說不出它到底是什麼啊。

讀者問作家：「為什麼不幫這些東西放上確定的名字？」例如，不知名的小花，可能是鬱金香或是水仙，

也可能是蒲公英。不知名的老樹，可能是麵包樹或白楊木，也許是長鬍子的榕樹。小花與老樹的名字可多著呢。

作家想了想，回答：「我也不知道。可能是因為我從小讀太多不知名的故事書吧。」

所以在這篇故事裡，小男孩不叫王大頭，也不叫李小白，他是一個不知名的小男孩。在故事中，不知名的他，無意間走進一座不知名的城堡裡。天黑以後，當他想回家時，卻找不到路；因為他的家，就在不知名的小路上。有誰會知道，不知名的小路，又是在哪裡？所以，小男孩根本找不到路回家啊。

童話想想

世界上所有的東西都有名字嗎？

東西一定要有名字嗎？

5 這個故事沒有「沒有」

一個孩子從小就有爸爸，也有媽媽。該有的，他什麼都有。

但是，真的全部都有嗎？這個小孩開始想：「我有什麼呢？」

有家、有自己的房間、有書包、有鉛筆盒，鉛筆盒上還有自己最喜歡的超人圖案。此外，有家人、有親戚、有同學，還有朋友，連不太好的朋友都有。

什麼是不太好的朋友？就是小孩覺得明明自己對他很好，對方卻沒有對他很好。

哎呀，總算出現了第一個「沒有」。

小孩又想：「但是，我一定要有這麼多的朋友，連不太

好的朋友，都得變成很好嗎？」

他搖搖頭。於是，我們現在又得把這個好不容易才出現的「沒有」刪掉。

下雨了，小孩真開心，他撐著雨傘，在家中的小院子散步。草地上有無數的晶瑩水珠，真美。小孩心想：「我連下雨天快樂的心情都有。」

媽媽在屋裡喊他：「快進來，別感冒。」

小孩收起傘，向小草與小雨說再見。進屋子後，媽媽說：「我煮了綠豆湯，喝吧。」在窗邊喝綠豆湯，看著窗外絲絲線線落著的雨，小孩心想：「我連聽雨聲的好心情都有。」

上學了，小孩到圖書館，想借幾本書。圖書館阿姨問：「想讀荒島漂流，還是都市探險？」小孩選了荒島。他想：「我明明住在都市，卻有機會讀著關於荒島的書；

我連這個都有。」

放學了，小孩和他的好朋友走著，兩人說說笑笑。好朋友問：「你聽說了嗎？明天，世界會消失不見呵。」

小孩點點頭，回答：「上週的電視新聞有報導過，我們全家都知道。」小孩心想：「我連這個大消息都有聽過呢，我真的什麼都有。」

童話想想

什麼時候，「沒有」比「有」好？
反過來呢？

6

要記得轉彎

小海出門幫媽媽買東西，媽媽交代的事情真多，小海根本記不住，她只聽到一句話：「要記得轉彎。」

小海邊走邊想：從家門口到便利商店，直直走就能到。媽媽要她轉彎，在哪裡轉呢？轉彎後又會到哪裡？

小海經過便利商店，她想，會不會媽媽的意思是：「看見便利商店，就轉彎進去買東西。」

不可能吧。小海又想：糟了，想得太多，這下子我連媽媽要我買什麼，都忘記了。

於是，小海決定不走進商店，繼續往前走。如果看見覺得特別的地方、有趣的彎，才轉進去。

走著走著，路的右邊出現第一個彎。這是一條不奇怪的小巷子，很平常的連排房屋，很平凡的商店招牌，就連經過的車子與行人，也很普通。

可是，小海看見一件有意思的事情。有一隻貓，站在這個彎的巷子口，對小海說：「不能在這裡轉彎。」

聽到貓這麼說，小海便轉彎走進巷子；因為，千萬不能相信一隻貓。

巷子很長，小海走著走著，發現兩邊的房子愈來愈矮，路上的車子愈來愈小。再繼續往前，房子已經變得很低，低到他的腳邊了，路也愈來愈窄。

轉進這個愈走愈小的彎，要做什麼呢？小海一面走，一面想，直到她再也想不起來任何事。

「小海，快點回頭！」

是媽媽的聲音。小海不走了，停下來，轉身，往回走。

路愈走愈寬，房子愈來愈高。小海走到原來的巷子口，那隻貓還在，瞪大眼睛說：「你竟然不相信一隻貓。」

小海再轉個彎，回到原來的路上，看見媽媽。小海問：「媽媽，為什麼剛才的巷子，愈走愈小？」

媽媽摸摸小海的頭，說：「可能是因為你離媽媽愈來愈遠吧。」

小海又問：「媽媽不是要我記得轉彎嗎？」

媽媽笑了：「我說的是，要記得轉彎，才能回到家。」

原來是這樣，不管轉什麼彎，走到什麼奇怪的巷子，都要記得轉彎，走回家。

可是，如果不想回家呢？媽媽看著小海，還是笑著。

童話想想

世界上你最想一直住著的地方是哪裡？

什麼原因讓你這樣想？

7 海上有小島

小男孩馬丁到海邊玩，他在沙灘上走著走著，發現大海上有一座小島。

這座小島很小，形狀很特別，像一顆球。而且小島被陽光照得亮晃晃的，有點發白。哈，像一顆足球。

馬丁對著大海高喊：「足球島！」

海上捲起波浪，從小島那一頭，一波又一波的，往沙灘上捲過來。海浪還帶著東西一起捲過來呢。馬丁一看，是顆足球。

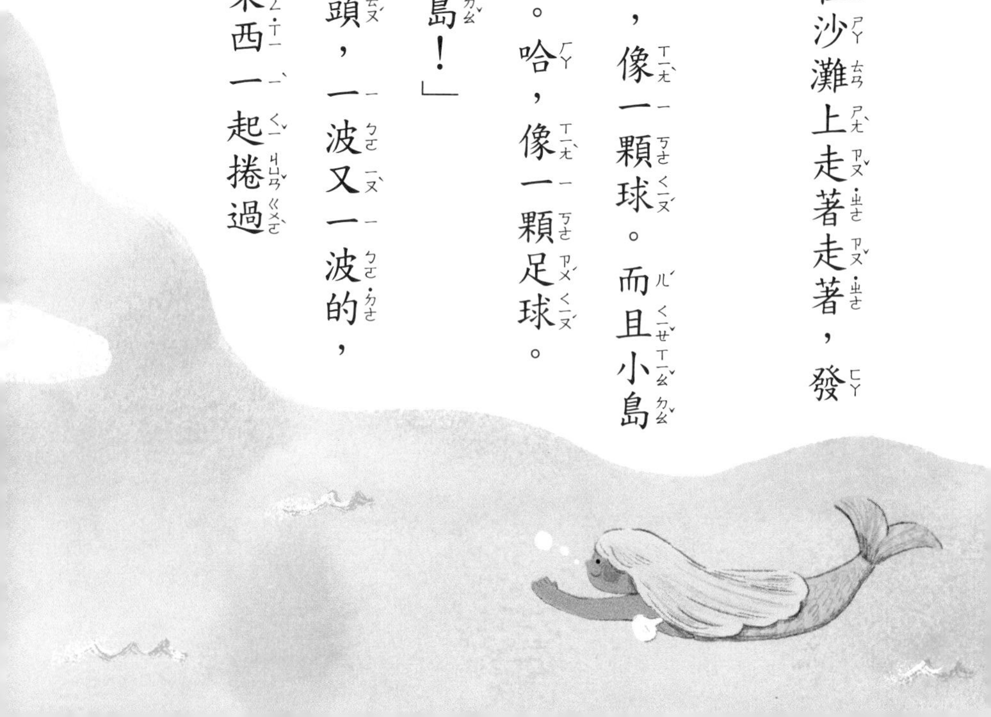

看來，是「足球島」把自己送過來，想跟馬丁一起玩。

馬丁對腳下的足球說：「不行不行，只有我跟你，多沒意思。玩足球，至少要兩個人、一顆球，這樣才能一個人踢球，另一個人搶球。」

才說完，海上又捲起波浪，一波又一波的，往沙灘上捲過來。這次，來的是一隻美人魚。

馬丁又搖搖頭，說：「不行不行，足球是用腳來踢球。美人魚沒有腳，怎麼踢呢？」

可是美人魚有意見：「誰規定足球一定得用腳踢？還有，誰說這是一顆足球，我看他明明是一隻圓滾滾的大章魚。」

哎呀，足球島變成章魚島啦。它滾著滾著，滾到海裡去，和美人魚玩得真開心。只是，馬丁在沙灘上，不開心了。

美人魚向馬丁招手：「一起來玩。」

可是，馬丁好像不喜歡游泳。

章魚島說：「沒問題。」它立刻把自己變成一艘小帆船。

帆船島上坐著馬丁與美人魚，他們在唱歌：「小島小島變變變，馬丁馬丁變不見。」

歌唱完，馬丁真的不見了。

美人魚望著無邊無際的大海，高聲喊著：「馬丁，你在哪裡？」

遠遠的地方，有一座小小的島。原來，

馬丁其實也是一座小島，喜歡到沙灘上來玩。

帆船島告訴美人魚：「我是小島哥哥，馬丁是小島弟弟。」兩座兄弟小島，最喜歡變成不同的樣子，他們覺得這樣才有趣。

美人魚潛進海裡，向遠方游去。因為馬丁小島現在變成瑪莎小島，從小男孩的模樣變成小女孩了。美人魚想跟瑪莎小島一起玩「梳頭髮」的遊戲呢。

童話想想

如果人也可以一直變來變去，好不好？

你想變成什麼？

8 波波的拼圖

小男孩波波非常喜歡玩拼圖遊戲，他的房間裡，擺滿一盒又一盒的拼圖；有一百片的，也有一千片的。波波花了不少時間，才完成一幅幅的拼圖。

雖然波波已經有許多拼圖，但是走過賣拼圖的商店，波波還是會忍不住走進去瞧瞧。這一天，當他走進店裡，發現有一盒從來沒見過、非常吸引他的新產品。因為，那一盒拼圖，發出金色的亮光。

波波指著正在發光的拼圖，問老闆：「它為什麼會發光？」

老闆正忙著呢，看也沒看，只說：「世界上本來就有東西會發光。不奇怪、不特別、不必問。」

波波買了發光的拼圖，趕快回家。他急急忙忙走進房間，急急忙忙打開盒子。好緊張啊，到底盒子裡的拼圖，有什麼奇妙的設計，竟然會發光？

哎呀！太讓人失望了，因為打開盒蓋後，波波發現，盒子裡的拼圖很普通，一小片一小片的擠成一堆，根本沒有亮光。

波波氣呼呼的蓋上盒蓋，覺得更奇怪了。因為，一蓋上，盒子又發亮了。

「難道是盒蓋上有特殊設計？」

可是，蓋子離開盒子後，也很普通，沒有亮光。

波波說：「這盒拼圖，是用來騙人的吧。」他想起來，以往買拼圖時，會考慮圖案，比如，他最喜歡的一幅拼圖，是大海；每一片海洋小碎片，看起來都很像，波波花了好多天，才完成這一幅，拼得眼睛都痠了。

波波這時才發現，這盒會發光的拼圖，每個碎片都是空白的，這是一盒許許多多的白色小碎片拼圖。

這樣該怎麼拼啊？波波想得頭都疼了。

他拿起其中一片，放在地板上；再拿起第二片，放在第一片的旁邊。奇妙的是，兩片接合得剛剛好。

波波想：「難道是巧合？」他拿起第三片、第四片、第五片，發現一放到地板上，它們便自動接合在一塊兒，沒有任何縫隙，很完美。

這是自動拼圖嗎？

波波連忙把所有的小碎片，一口氣全倒在地板。然後，雙手隨意掃了掃，將全部的碎片鋪平。只見，一片又一片的拼圖，像是磁鐵一般，緊緊的接合在一起，變成一幅大大的、方方正正的圖。

波波驚嚇得說不出話來，這是他見過最特別的拼圖了，簡直就是魔術。

可是，全自動拼好的圖，卻是一大片什麼都沒有的空白。波波想：我應該留下它，還是拿去退貨呢？

空白的拼圖卻開始發出金色的光，尖叫著：「別把我退回去！」原來，這盒拼圖，是工廠裡的人忘記印上圖案的瑕疵品。它在拼圖店裡等了好多年，

遲遲沒被買走，好不容易才被波波買下。

「可是，你為什麼會發光？還會自動拼出方形？」波波有疑問。

空白的拼圖回答：「我也不知道。可能，就是因為我跟其他拼圖不一樣，所以也有不一樣的功能吧。」

波波覺得有道理。所以，他決定留下拼圖，明天帶到學校，保證同學會看得目瞪口呆！也說不定，從此以後，會有朋友願意跟他一起玩拼圖。

童話想想

和多數人不一樣，究竟是好還是不好？

9 自己的山洞

小黑熊長大的那一天，終於遇見自己的山洞了。什麼是長大呢？從小，小黑熊的媽媽就數給他聽：

第一，離開媽媽也不害怕。

第二，可以自己採集蜂蜜，也可以自己去抓魚。

第三，會找到自己的山洞。

黑熊媽媽說：每隻熊都有一個山洞在等他，也只有自己才能看見，才能走進去。

「洞裡有什麼？」小黑熊問。

媽媽笑著說：「我也不知道。」

「媽媽，您沒找到自己的山洞嗎？」

媽媽又笑了：「有一次，好像看見了，但那個時候，你在我的肚子裡，我怕走進去，萬一……」

媽媽沒有說下去，小黑熊滿臉緊張，再

問：「如果看見山洞，卻沒有走進去，會怎麼樣？」

媽媽想了想，說：「應該不會怎樣吧。就像媽媽，一輩子都沒怎麼樣。」

不過，媽媽還是提醒小熊：「如果你遇見你的山洞，必須勇敢的走進去。走進去，才知道會發生什麼。」

有一天，小黑熊看見自己的山洞了，因為那個黑黑的洞，對他說：「是小黑熊吧？我等你好久了。」

所以，他就走進山洞裡。洞裡一片漆黑，感覺什麼都沒有，卻又感覺什麼都有，因為有許多聲音。

他聽到的聲音，有點像風吹過草原；又有點像媽媽在輕聲唱歌；像一整群蜜蜂發出「嗡嗡嗡、嗡嗡嗡」的聲音。

他再仔細聽，終於聽清楚了，原來那個聲音是非常溫柔的音樂，可能是一枝細細的樹枝，敲打著一棵百年老樹；這個音樂讓他有點想睡。

小黑熊繼續走，愈走愈慢，因為山洞愈來愈暗，而且聲音全部都消失了。小黑熊停下來，有點害怕。他咳嗽了一下；聲音才發出來，就不見了，像是他的咳嗽

聲一下子就被山洞吃掉。

這個山洞太可怕啦！小黑熊一點兒也不想待在這裡。唯一的辦法，只能趕快離開。所以小黑熊開始跑起來，愈跑愈快，而山洞也愈來愈亮，愈來愈寬。

跑著跑著，小黑熊發現山洞裡，竟然還有另一隻小熊！是隻小白熊。

「喂，你一直在山洞裡嗎？」小黑熊問。

小白熊也問：「你呢？難道你也一直在這裡？」

兩隻小熊覺得好快樂，黑黑的山洞現在變得溫暖又明亮。山洞裡有花香，還有許多小樹，樹上有蜜蜂在嗡嗡叫呢。

小黑熊想著，自己的山洞，也可能是另一隻熊的山洞。如果沒有走進來，又沒有鼓起勇氣一直走下去，就沒有機會認識小白熊這位新朋友。

兩隻小熊手牽手，走出山洞。

童話想想

小黑熊如果沒有遇見小白熊，就走不出山洞嗎？

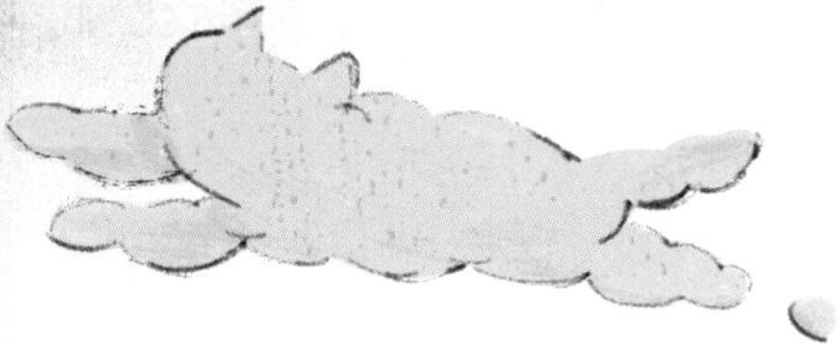

10 玫瑰與玫瑰

有一扇雕著美麗花紋的窗戶，窗口下，開著一叢優雅的玫瑰花。每一朵乍看好像都一樣，全是捲曲的花瓣、鮮麗的紅色、淡淡的香氣。

「不！才不一樣呢。」花叢下一隻烏龜，向停在窗臺的知更鳥抗議。剛才，知更鳥說：「每朵花長得全相同，明天我再來，一定忘記誰是誰。」

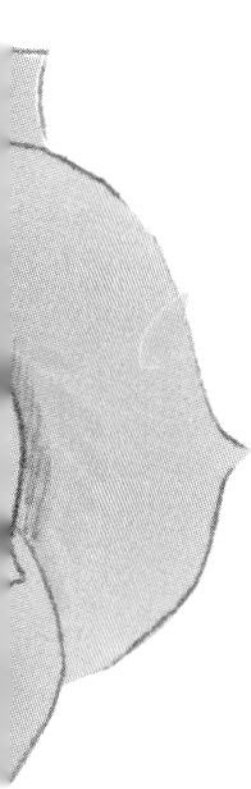

玫瑰花們微微笑著，不說話。

烏龜閉上眼睛，對知更鳥說：「如果你慢慢的吸氣，再慢慢的把頭轉動一下，會發現，每一朵玫瑰花的香味並不相同。」

知更鳥「啾啾」叫了兩聲，不太滿意的說：「就算香味不太相同，也只是一點點的不相同；你聽清楚了嗎？這句話的意思是，大部分相同，只有小部分不同。」

在知更鳥心中，他認為所有的玫瑰花都一樣，沒有什麼不同。

烏龜張開眼睛，又說了：「你就是愛跟我吵架。好吧，就算香味差不多，但是每一朵玫瑰，長相可大大的不同了。」

他先爬到第一朵玫瑰花下，邀請知更鳥仔細觀察：「瞧，這一朵的中心花瓣，顏色像是夕陽西下、天邊最紅的一片晚霞。」烏龜轉過頭，面向另一朵玫瑰：「可是，

這一朵的中心花瓣，卻是中午的陽光，白花花的。」

知更鳥又「啾啾啾」的，大表反對：「誰像你走路慢吞吞的，我可沒空慢吞吞的站在地上，慢吞吞的抬起頭，慢吞吞的發現每一朵花像夕陽、還是正午的太陽。」

知更鳥又說：「我的人生才不要慢吞吞的，我喜歡快快的飛來飛去。」說完，他就拍拍翅膀，飛走了，連一句再見都沒說。

烏龜還在細心解說第三朵玫瑰呢。他說：「這一朵的中心花瓣，是剛剛下過小雨的午後，快要出現彩虹的那一刻；有一點色彩，但是很淡、很模糊。」

玫瑰們都笑了。第一朵夕陽玫瑰，對烏龜說：「謝謝你花許多時間觀賞我們，還給我們這麼多的形容詞。」

烏龜的頭低下來，縮進殼裡，小聲對自己說：「誰叫我動作慢，也只好在一個定點上，看個夠、想個夠。」

正午陽光玫瑰聽見了，不開心的對大家說：「原來烏龜只是為了打發無聊的時間。」

玫瑰花們開始討論，到底像烏龜那樣，總是慢慢的一步步爬著好，還是像知更鳥一樣，永遠都快速的飛來飛去好？

小雨玫瑰卻說：「不管行動快或慢，跟我們都沒有關係。」

於是，所有的玫瑰，只好改變話題，開始研究：這一朵玫瑰與那一朵玫瑰，相同嗎？還是不同？

小雨玫瑰又說：「知更鳥眼中，我們都相同。烏龜眼中，我們都不同。世界上有無數的知更鳥與烏龜，但是，世界上的我，只有一個。」

夕陽玫瑰覺得有道理，點點頭。所有的玫瑰，不論相同或不相同，都點點頭。明天，不管知更鳥或烏龜說了什麼，他們還是跟今天一樣，是香香的、美麗的、獨一無二的玫瑰。

童話想想

想一想，你自己的「獨一無二」是什麼？

你喜歡這個獨一無二嗎？

作者後記

小故事也許並不小

本書作者 王淑芬

有時候，我們聽故事，是希望知道更多學問；有時候，是為了得到好心情，或是讓壞心情轉為好心情。但是，有時候，只是想要一個好聽的故事，帶我們到一個好玩的、充滿想像力的國度，可以飛上天、潛入海底，自由自在，暫時忘記一切。故事，會帶我們到很遠的地方。

這本書裡的十個故事，會帶你到哪裡呢？會讓你忘記什麼，或是想起什麼？書裡的玫瑰，其實是個懂得人生哲理的哲學家嗎？不管去到哪裡，都可以轉個彎，找到媽媽嗎？而且，媽媽是一種象徵，不一定指真的媽媽，而是你可以信賴的人；這一點，是作者真正的意思，你想到了嗎？

如果你沒有想這麼多，也沒關係，可以日後再想。聽完故事，回味那些不可思議的情節，本來就是一件有趣的事。

故事裡，總是有奇妙的東西在等著你發現。

出版｜步步出版／字畝文化創意有限公司
發行｜遠足文化事業股份有限公司（讀書共和國出版集團）
地址｜ 231 新北市新店區民權路 108-2 號 9 樓
電話｜(02)2218-1417　傳真｜(02)8667-1065
電子信箱｜ service@bookrep.com.tw　網址｜ www.bookrep.com.tw
團體訂購請洽業務部｜(02)2218-1417
法律顧問｜華洋法律事務所・蘇文生律師
印製｜中原造像股份有限公司
特別聲明：本書僅代表作者言論，不代表本公司／出版集團之立場。
初版一刷｜ 2022 年 12 月　初版三刷｜ 2024 年 6 月
定價｜ 320 元　書號｜ 1BCI0033　ISBN｜978-626-7174-20-3

國家圖書館出版品預行編目 (CIP) 資料

王淑芬兒童哲思小童話 . 貓咪的十個家 / 王淑芬文 ; 奧黛莉圓圖 .
-- 初版 . -- 新北市 : 步步出版 : 遠足文化事業股份有限公
司發行 , 2022.12
面； 公分
ISBN 978-626-7174-20-3(平裝)

863.596　111017406

王淑芬兒童哲思小童話：貓咪的十個家
作　　者｜王淑芬
繪　　者｜奧黛莉圓
步步出版
社長兼總編輯｜馮季眉
責任編輯｜陳奕安
美術設計｜劉曉樺